M. DE LAMARTINE

ÉT

LE COURS FAMILIER DE LITTÉRATURE

LU EN SÉANCE GÉNÉRALE

DE L'ACADÉMIE DES SCIENCES, BELLES-LETTRES ET ARTS DE BORDEAUX

LE 18 DÉCEMBRE 1856 ;

PAR J. DUBOUL.

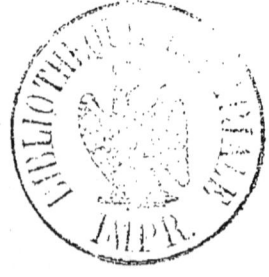

BORDEAUX

G. GOUNOUILHOU, IMPRIMEUR DE L'ACADÉMIE,

PLACE PUY-PAULIN, 1.

—

1858

M. DE LAMARTINE

ET LE COURS FAMILIER DE LITTÉRATURE.

———

Les événements peuvent bien précipiter d'une haute position politique des hommes comme M. de Lamartine, mais ils ne sauraient détourner d'eux l'attention et les sympathies du public. Dans la retraite où le ministre tombé médite sur la vanité des grandeurs humaines, la voix de l'écrivain s'élève encore et parvient à dominer les bruits du dehors. Cela est vrai même à notre époque, où les choses de l'esprit ne jouissent pas précisément d'une grande faveur et où les préoccupations matérielles absorbent la meilleure part de notre activité.

Le *Cours familier de littérature* que publie, depuis quelques mois, M. de Lamartine, compte un nombre considérable de lecteurs et obtient le succès qu'il était permis de lui promettre. Par son importance, par

le nom illustre qui lui sert de recommandation, cet ouvrage est digne d'un examen sérieux. J'ai donc pensé
qu'il ne serait peut-être pas inutile d'en faire ici l'objet
d'une appréciation nécessairement incomplète, mais
attentive et sincère. Le devoir de la critique, c'est de
dire ce qu'elle croit être la vérité ; le droit d'un écrivain
tel que M. de Lamartine, c'est d'être traité avec cette
franchise qui n'exclut ni l'admiration ni le respect. Les
détestables flatteurs dont parle Racine devraient être
bannis de partout, particulièrement de cette république
des lettres d'où, malgré le bon vouloir de certains
Platons modernes, tous les poètes n'ont pas encore été
bannis.

I.

Ce qui a d'abord frappé les lecteurs du *Cours familier de littérature,* c'est l'accent de tristesse et de découragement qui en marque toutes les pages [1]. Les
admirateurs de M. de Lamartine l'ont, en général, at-
tribué aux nombreuses déceptions dont sa carrière politique a été semée. On a vu naturellement en lui un
homme tombé, aigri sans doute par l'isolement, et plongé
dans toute l'amertume d'une résignation peut-être difficile et douloureuse. On n'a pas, ce me semble, assez
remarqué ces admirables et fières paroles qui se trouvent à la fin de son premier *entretien* : « Quand la

---

[1] L'entretien consacré au livre de *Job* n'est, à proprement par-
ler, qu'une sorte d'hymne funèbre, dont le découragement et
le désespoir sont le principal motif.

foule se précipite où l'on ne veut pas aller, heureux l'homme seul ! »

A mon avis, ce découragement, cette tristesse, cette espèce de dégoût des choses de la vie, tiennent à une disposition innée chez M. de Lamartine. Pour en surprendre les premières manifestations, il faut remonter jusqu'à ses débuts poétiques, bien avant l'heure des déceptions éprouvées par l'homme d'État et de la tribune violemment renversée sous l'orateur. Pour en comprendre la persistance et la portée, il faut étudier la portion capitale de son œuvre; et c'est ce que j'ai l'intention de faire, en négligeant les détails, en passant par-dessus les épisodes pour ne m'arrêter que sur quelques points essentiels.

L'avertissement placé en tête de *Jocelyn* fournit à cet égard de précieuses lumières. En voici quelques lignes qu'il est utile de rappeler :

« Ces pages, trop nombreuses peut-être, ne sont cependant que des pages détachées d'une œuvre poétique qui a été la pensée de ma jeunesse, et qui serait celle de mon âge mûr si Dieu me donnait les années et le génie nécessaires pour la réaliser. Nous sentons tous, par instinct comme par raisonnement, que le temps des épopées héroïques est passé... L'épopée n'est plus nationale ni héroïque; elle est bien plus, elle est humanitaire... Pénétré de bonne heure et par instinct de cette transformation de la poésie, aimant à écrire cependant dans cette langue accentuée du vers qui donne du son et de la couleur à l'idée, et qui vibre quelques jours de plus que la langue vulgaire dans la mémoire des hommes, je cherchai quel était le sujet épique approprié à l'époque, aux mœurs, à l'avenir, qui permît au poète d'être à la fois local et universel, d'être merveilleux et d'être vrai, d'être immense et d'être un. Ce sujet, il s'offrait de lui-même, il n'y en a pas deux : c'est l'humanité, c'est la destinée de l'homme, ce sont les phases que l'esprit humain doit parcourir pour arriver à ses fins par les voies de Dieu [1]. »

Dans les lignes placées en tête de la *Chute d'un Ange*, qui est, comme *Jocelyn*, un des épisodes de la vaste épopée qu'il a rêvée, M. de Lamartine ajoute ceci :

« La nature morale est mon sujet, comme la nature physique fut le sujet du poète Lucrèce. — L'âme humaine et les phases successives par lesquelles Dieu lui fait accomplir ses destinées perfectibles, n'est-ce pas là le plus beau thème des chants de la poésie [2]? »

Ainsi, l'intention de M. de Lamartine est claire; dans *Jocelyn* comme dans la *Chute d'un Ange* il a voulu montrer l'âme humaine dans les diverses phases qu'elle doit parcourir pour arriver à ses fins par les voies de Dieu. Or, ces voies, quelles sont-elles, d'après M. de Lamartine? La douleur, l'humiliation, la misère, le sacrifice. Cédar et Jocelyn, ses deux héros, boivent le calice jusqu'à la lie; ils marchent de souffrance en souffrance, de déception en déception. Ils ne trouvent pas une pierre pour reposer leur tête. Il semble que ces,

---

[1] Voir la préface de *Jocelyn*.
[2] Voir la préface de la *Chute d'un Ange*.

types de l'âme humaine soient venus en ce monde pour y éprouver toutes les angoisses de la vie et pour s'y traîner, au travers des plus douloureuses amertumes, sous un poids de découragements infinis.

Sont-ce bien là, en effet, les véritables voies de Dieu, celles qui doivent nous faire accomplir nos destinées perfectibles? La douleur est-elle irrévocablement, nécessairement liée à notre existence ici-bas, et le spectacle de la créature courbée sous le fardeau de ses misères, flétrie par toutes sortes d'angoisses, est-il tellement agréable au Créateur qu'il ait décrété de le faire durer autant que le monde? Je ne le pense pas, et je suis persuadé qu'un examen attentif de cette question conduit à une conclusion diamétralement opposée à celle de M. de Lamartine. Je voudrais essayer de le montrer, quoique les limites de ce travail m'interdisent des développements dans lesquels il ne me semblerait pas inutile d'entrer à ce sujet.

Le désir du bonheur est inné dans le cœur de l'homme. On a beau dire que cette terre, condamnée au désordre et à la douleur, n'est qu'une *vallée de larmes* où nous venons passer quelques misérables instants, un *temple d'expiation* où nous devons nous purifier de nos souillures natives : toute cette rhétorique est impuissante contre le cri de nos instincts. Nous cherchons le bien-être avec une ardeur que rien ne décourage; nous bouleversons ce globe pour l'approprier de plus en plus à nos convenances. Si en mettant en nous le désir du bonheur, Dieu nous eût interdit à tout jamais la faculté d'être heureux, l'humanité serait assurément désabusée

à l'heure qu'il est, après tant de traverses, d'efforts im-
puissants, après tant de siècles de déceptions et de luttes stériles. Il nous resterait le désir sans espérance,
c'est-à-dire un supplice de damné, celui que Dante a
choisi pour le premier cercle de son enfer :

Che senza speme vivemo in desio [1].

Que des sceptiques repoussent la croyance au bonheur possible de l'humanité sur ce globe, nous le com-
prenons aisément; mais que des chrétiens se montrent
aussi les adversaires acharnés de cette même croyance,
voilà ce qu'il nous est assez difficile de concevoir. Nous
allons essayer de dire pourquoi.

D'abord, pour des chrétiens, il n'y a pas à hésiter
sur la signification, sur la portée des préceptes de l'É-
vangile. Ces préceptes, qui prescrivent la charité, l'a-
mour du prochain poussé jusqu'au sacrifice de soi-même,
la pratique de la justice dans son sens le plus large,
ces préceptes sont obligatoires. Ils viennent directement
de Dieu, dont ils nous font entendre la voix. C'est ce
qui ne saurait être contesté, en restant au point de vue
du christianisme.

Or, de deux choses l'une : ou il est possible, ou il est
impossible à l'homme de pratiquer les vertus évangéliques, de vivre selon l'esprit de cette loi que le Christ
promulguait il y a plus de dix-huit cents ans.

Mais s'il est au-dessus des forces de l'homme de se

---

[1] *Divina commedia. Inferno,* Canto IV.

conformer aux préceptes de l'Évangile, comment ose-t-on dire qu'ils viennent de Dieu? Quoi! Dieu nous commanderait pour cette vie des vertus impraticables, et dans l'autre vie il nous punirait pour n'avoir pas fait ce qu'il nous était impossible de faire? Mais que deviendrait, dans ce cas, la justice divine?

S'il est possible, au contraire, de pratiquer les vertus recommandées par l'Évangile, je demande ce que serait une société où l'on aimerait son prochain comme soi-même; où nous ne ferions pas à autrui ce que nous ne voudrions pas qui nous fût fait; où la charité et le dévouement seraient aussi communs qu'ils sont rares? Évidemment, cela s'appellerait une société heureuse.

La logique force donc tout chrétien sincère à reconnaître qu'une destinée de bonheur peut être réalisée sur cette terre par l'humanité, ou bien qu'en nous prescrivant la pratique des vertus évangéliques, Dieu nous demande une chose impossible, pour l'inexécution de laquelle il nous punira cependant, ce qui serait détruire l'idée de Dieu.

Au reste, cette croyance au règne de la justice et du bonheur en ce monde, c'est-à-dire au règne terrestre du Christ, est bien loin d'être nouvelle. Ce n'est pas un produit de ce qu'on appelle les imaginations malades de notre époque, et le socialisme en est innocent. On la trouve formulée avec beaucoup de précision et d'une manière fort circonstanciée dès les premiers temps du christianisme. Le *règne de mille ans* de l'Apocalypse et de plusieurs Pères de l'Église n'est autre chose que l'expression de cette croyance permanente au fond des âmes. Chacun cherche le bonheur; chacun y tend par une impulsion naturelle, par un instinct irrésistible. La réalisation, la pratique universelle des principes évangéliques ne pouvant pas être conçue sans impliquer, comme une de ses conséquences nécessaires, le bonheur universel de l'humanité, plusieurs chrétiens, des plus éclairés et des plus orthodoxes, ont cru au régne terrestre du Christ, ou, si on l'aime mieux, à l'avènement d'une société dans laquelle les préceptes de l'Évangile passeraient de l'état de théorie à l'état pratique. La liberté, la justice, la charité, l'ordre qui en serait la conséquence, le *bonheur* résultant de l'accord des intérêts individuels dans une large association de toutes les facultés, de toutes les énergies de l'homme, tels sont les principaux traits de cet idéal social. Le monde, disait-on, d'après la tradition mosaïque, a été créé et ordonné en six jours; le septième jour, le Créateur s'est reposé dans la satisfaction de son œuvre. Or, ce monde doit durer six mille ans, qui composent une période de créations, de morts et de transformations successives. C'est un temps de luttes et de douleurs, de marches forcées et de déceptions pour l'humanité fourvoyée. Mais la terre promise est au bout de ce pèlerinage. Mille ans de bonheur, correspondant au septième jour de la création, au jour du repos dans la satisfaction de l'œuvre, doivent succéder aux six mille ans de travail et de souffrances infécondes. C'était un autre Éden qu'attendaient nos pères aux limites de ce vieux monde, ou, pour mieux dire, c'était un monde nouveau. Au vingt-quatrième chapitre du septième livre de ses *Institutions divines*, Lactance en célèbre les merveilles et en évoque longuement les splendeurs.

Ces opinions étaient aussi professées par les Cérinthiens, par les Marcionites, par les Montanistes, etc..., etc..., et par une foule d'écrivains chrétiens, tels que saint Papias, Tertullien, saint Irénée, Sulpice, Sévère, etc...

Le millénarisme s'appuie sur une imposante tradition. Il a pour ancêtres le prophète Ézéchiel et l'évangéliste saint Jean; et c'est de la bouche de celui-ci que saint Papias l'avait recueilli, pour le transmettre, comme un précieux héritage, aux plus grands hommes du christianisme primitif.

Il y a comme un pressentiment, comme un éclair de l'avenir au fond de ces bizarres et trop souvent ténébreuses rêveries.

II.

A côté de cette imposante tradition chrétienne et de cette conclusion si logique des préceptes de l'Évangile, on peut placer le témoignage de l'économie politique moderne. Bien loin de les contredire, il ne fait que les confirmer.

« Je crois fermement — dit M. Blanqui aîné — qu'un jour il n'y aura plus de parias au banquet de la vie, et je puise cette espérance dans l'étude de l'histoire, qui nous montre les générations marchant de conquête en conquête dans la carrière de la civilisation. Par le chemin qu'on a fait, je juge celui qu'on doit faire encore..... [1]. »

M. Blanqui a raison ; les progrès merveilleux que font autour de nous toutes les sciences ne peuvent pas manquer, lorsqu'on saura en tirer parti, d'ajouter au bien-être des hommes. Il eût été digne d'un grand poète comme M. de Lamartine de secouer le joug d'un vieux préjugé, et de faire justice d'une déplorable erreur. La poésie ne perdrait rien à sortir de l'ornière des fictions pour entrer dans la voie des réalités ; en revanche, elle gagnerait beaucoup à relever l'énergie de l'homme, à lui donner une fortifiante espérance au lieu de rebattre l'éternelle thèse du découragement et du désespoir.

Je prévois bien une objection. Quoi ! dira-t-on, vous parlez des découvertes, des progrès de la science, des merveilleuses conquêtes qu'elle fait tous les jours, et vous ne voyez pas qu'il n'est point en son pouvoir de supprimer la misère, la maladie, la mort ; que par conséquent les hommes seront toujours malheureux ici-bas !

La science ne supprimera pas la mort, je l'accorde volontiers, mais j'ai la conviction qu'elle peut fournir les moyens de rendre les maladies moins fréquentes, les souffrances moins cruelles, de supprimer enfin la misère, en l'attaquant dans ses causes bien étudiées et bien connues ; en un mot, je crois fermement, avec M. Blanqui, *qu'un jour il n'y aura plus de parias au banquet de la vie.*

[1] *Histoire de l'Économie politique en Europe*, t. Ier, introduct., p. XIV.

Et puis, ce n'est pas un bonheur absolu, infini, que je rêve pour l'homme, créature essentiellement bornée et finie. Cela impliquerait une contradiction qu'il n'est pas difficile d'éviter. Il s'agit d'un bonheur relatif, autrement dit de la plus forte somme de bien-être moral et physique dont l'homme puisse jouir en ce monde. Il s'agit enfin de travailler à la réalisation d'un progrès possible, et non pas de poursuivre des chimères.

III.

Je me suis assez arrêté sur la donnée philosophique qui domine toutes les conceptions de M. de Lamartine et qui se produit à chaque page du *Cours familier de littérature*. Il est temps d'examiner le côté purement littéraire de cette dernière publication. Cet examen, qui ne peut être que très-incomplet et très-rapide, me conduit d'abord à combattre le jugement porté par l'auteur de *Jocelyn* sur Corneille et sur La Fontaine. Voici en quels termes il s'exprime sur ces deux grands écrivains :

« Corneille, dit-il, imite surtout les Espagnols et Sénèque ; c'est un Romain, si l'on veut, mais un Romain d'Ibérie ; Romain exagéré, déclamatoire, qui donne à l'héroïsme l'attitude, le geste, l'accent du matamore. On peut admirer tout de lui, excepté le caractère naturel, vrai, proportionné et sobre de son pays. Corneille est tout ce qu'on voudra, excepté Français. Supposez qu'on trouve après mille ans, dans une catacombe, un volume de Corneille, et qu'on se demande de quelle nation était ce poète enflé comme un Castillan, tendu

comme un Latin, sublime comme un Africain, pompeux comme un Gascon, raisonneur comme un Anglais,
à coup sûr on ne devinera pas en mille que ce grand
homme était du pays de La Fontaine, de Molière ou de
Boileau [1]. »

. . . .

« La Fontaine, selon nous, est un préjugé de la nation. Le caractère tout à fait gaulois de ce poète lui a
fait trouver grâce et faveur dans sa postérité gauloise
comme lui, malgré ses négligences, ses immoralités,
ses imperfections et ses pauvretés d'invention. Celui-là
est un imitateur ou plutôt un traducteur sans scrupule
de tout ce qui lui tombe sous la plume. Il n'y a pas,
d'après les commentateurs les plus fanatiques de ce plagiaire amnistié à si bon marché, une seule de ses fables
ni un seul de ses contes qui lui appartienne. Les fables
sont toutes de Lokman, d'Ésope, de Phèdre; les contes
sont tous des poètes licencieux de l'Italie ou de Boccace.

« On dit : Mais ces fables lui appartiennent par droit
de conquête et de naturalisation par son génie. Nous
ne voulons pas contester ce prétendu génie. C'est le
génie de l'incurie, de la puérilité et de la licence, trois
choses qui seraient des vices dans un autre, et qui ont
du moins quelquefois en lui la grâce peu décente de ces
vices. C'est par là qu'au grand détriment de la morale
et de la nation, la routine l'honore et l'indulgence lui
pardonne. Mais la grande poésie ne le comptera jamais

[1] *Cours familier de littérature*, t. II, p. 121.

au nombre des poètes séculaires. A l'exception de quelques prologues courts et véritablement inimitables de ses fables, le style en est vulgaire, inharmonieux, disloqué, plein de constructions obscures, baroques, embarrassées, dont le sens se dégage avec effort et par circonlocutions prosaïques. Ce ne sont pas des vers, ce n'est pas de la prose, ce sont des limbes de la pensée.

« Ses contes sont infiniment supérieurs par la versification, mais ils sont obscènes, quand ses modèles italiens ne sont que glissants. Boccace, son maître, a mille fois plus d'imagination, plus de souplesse, plus de pittoresque, plus de sourire fin dans le récit. L'Arioste est l'Homère du badinage, La Fontaine le contrefait sans jamais l'égaler. Pour quiconque à lu le *Joconde* original et le *Joconde* de La Fontaine, il y a entre ces deux poèmes la distance de la grâce à la corruption. Mais La Fontaine cependant, tout en corrompant la morale de l'enfance et les cœurs de la jeunesse, a bien mérité de la langue en lui restituant quelques-uns de ces tours gaulois qui sont les dates de son origine et les familiarités de son génie. On l'a appelé le vieil enfant de son siècle. La Fontaine, en effet, est l'enfant de notre littérature française, mais c'est un enfant vicieux [1]. »

On ne saurait le dissimuler, c'est avec une pénible surprise qu'on rencontre de semblables pages dans un livre de M. de Lamartine. Il est des injustices qui partent de si bas que c'est à peine si l'on y prend garde.

---

[1] *Cours familier de littérature*, t. II, p. 126 et suiv.

On nous a depuis si longtemps habitués aux scandales littéraires comme à une foule d'autres, que nous sommes un peu blasés là-dessus, et qu'ils nous font sortir difficilement de notre indifférence. Mais quand l'injustice vient d'un homme dont le caractère est à la hauteur du talent et dont les paroles sont partout avidement recueillies, on s'en étonne, on s'en afflige, on s'en indigne presque. Certes, je ne rappellerai pas ici les ridicules sorties de M. Granier de Cassagnac contre Racine, et de M. Louis Veuillot contre Béranger, parce que je ne veux pas rapprocher du nom d'un écrivain de génie les noms de deux rhéteurs mal appris chez lesquels la passion du scandale est passée depuis longtemps à l'état de monomanie. Mais je déplore de tout mon cœur l'égarement de l'auteur de *Jocelyn*. Est-il possible qu'il n'ait pas compris Corneille et La Fontaine, et peut-il ne pas éprouver pour leurs chefs-d'œuvre cette admiration qu'il ressent si naturellement pour les belles choses? Les a-t-il bien relus avant de les juger, ou ne se les représente-t-il point à travers des souvenirs lointains et vagues?

J'avoue ne pas reconnaître Corneille dans les quelques lignes dédaigneuses que lui consacre M. de Lamartine. Si c'est un portrait, c'est un portrait de fantaisie et pas autre chose. Corneille, comme le savent fort bien ceux qui ont étudié notre théâtre, se détache nettement de tous les auteurs tragiques dont il a été précédé ou suivi. Autant ceux-ci adorent la périphrase et la déclamation soutenue, autant l'auteur de *Rodogune* et de *Nicomède* affectionne le mot propre et le langage familier. Cela explique pourquoi, à part quelques locutions et quelques tournures qui sont exclusivement de son siècle, Corneille n'a pas vieilli. Chez lui l'expression étreint l'idée; il est simple, grand comme la vérité, et c'est aussi pour cela qu'il est souvent sublime. Aussi les commentateurs, qui parlent ordinairement au nom de la rhétorique, se sont-ils acharnés contre ce mâle génie, qui parlait, lui, selon la belle nature. Ils l'ont injurié, en soulignant impitoyablement ses hémistiches; ils ont traité de *provocation de corps-de-garde* l'admirable :

> A moi, comte, deux mots,

du *Cid*. Ils n'ont pas compris les beautés de ce qu'ils appelaient *le style bourgeois de la comédie;* car, à l'opposé de M. de Lamartine, qui trouve Corneille *exagéré, déclamatoire,* enflé comme un Castillan, tendu comme un Latin, sublime comme un Africain, pompeux comme un Gascon, les critiques du XVIIe siècle, les oracles du goût à cette époque, l'Académie, Scudéry et les spadassins littéraires de Richelieu, lui reprochent hautement les défauts contraires. Tous pensent ou disent qu'il est familier, bourgeois, trivial même, qu'il compromet la dignité de la tragédie et qu'il chausse le cothurne beaucoup trop bas. Ils avaient oublié le vers d'Horace :

> Et tragicus plerumque dolet sermone pedestri.

Ils avaient oublié surtout ces admirables exemples de langage simple et naturel qui abondent dans les tragédies grecques. Pourtant, ils se posaient en défenseurs des saines traditions littéraires, et se prévalaient de leur prétendue orthodoxie pour s'ériger en juges intolérants.

Il y a donc une évidente opposition entre ce qu'ils disaient de Corneille et ce qu'en dit aujourd'hui M. de Lamartine. Il faut qu'on ait tort d'un côté ou de l'autre, à moins que le Corneille du XIXe siècle ne soit plus le Corneille du XVIIe.

La métamorphose qui justifierait seule l'appréciation de M. de Lamartine a-t-elle eu lieu? N'avons-nous plus affaire à ce pauvre grand homme qui, en 1679, passant par la rue de la Parcheminerie, était obligé d'entrer dans une boutique de savetier pour y faire raccommoder sa chaussure décousue? Ne s'agit-il plus ici de l'auteur de *Nicomède,* de *Don Sanche* et du *Menteur?* M. de Lamartine, en un mot, a-t-il découvert un Corneille que nous ne connaissions pas? Point du tout; mais tantôt il a exagéré les défauts de l'auteur du *Cid,* tantôt il lui a prêté des défauts qu'on ne rencontre pas dans ses chefs-d'œuvre. Quant aux critiques contemporains de Corneille, ils avaient bien raison de le trouver simple, familier, trop peu monté sur le cothurne; ils ne comprenaient pas que la simplicité est la grâce du génie, et ils étaient trop aveuglés pour ne pas lui en vouloir d'avoir osé secouer le joug des Précieuses. Mais ils avaient tort de faire de ces qualités des défauts, et de l'attaquer avec une violence que ne saurait justifier même le désir de plaire à Richelieu.

Je viens de dire que M. de Lamartine a exagéré les

défauts de Corneille; car certainement Corneille n'est
pas sans défauts. Je ne connais pas de versification plus
ferme, plus nerveuse, plus pleine que la sienne; son
style a le modelé puissant et l'harmonie de contours
des plus belles statues; mais enfin, tout admirable écrivain qu'il est, il n'est pas sans taches, sans faiblesses.
Comme Homère, il sommeille quelquefois; et comme à
Dante, il lui arrive de trébucher de temps à autre en
chemin. J'admets que ses héros sont trop raisonneurs,
si l'on m'accorde qu'ils sont encore plus éloquents, et
qu'en général ils raisonnent fort bien. Ce défaut m'a
surtout choqué dans le *Cid*, que je suis loin de priser,
au reste, à l'égal de ses autres chefs-d'œuvre. Cependant, il ne serait pas juste de lui reprocher tous les
raisonnements qu'il met dans les discours de ses personnages, puisque très-souvent ils sont motivés, né-
cessités même par la situation; témoin la première
scène de *Pompée*, qui me semble être une des plus
admirables expositions qu'il y ait au théâtre, en même
temps qu'un des plus splendides morceaux de notre langue; témoin enfin, car je ne veux pas pousser plus
loin une énumération que chacun peut faire, le ma-
gnifique entretien par lequel s'ouvre le troisième acte
de *Sertorius*.

D'un autre côté, ne faudrait-il pas tenir grand compte
à Corneille de l'état du théâtre en France à l'époque où
il a commencé d'écrire? C'est là une question trop com-
plexe pour que je songe à l'aborder ici, surtout inci-
demment. Je n'en veux dire que quelques mots; ils
suffiront aux personnes qui ont fait une sérieuse étude

de notre littérature. Lorsque parut Corneille, la scène était occupée ou plutôt encombrée par une centaine d'auteurs dont le plus célèbre était Alexandre Hardy. Ce Hardy avait composé huit cents pièces : voilà qui donne une suffisante idée de sa fécondité. Pour y ajouter une idée de son mérite, je dirai que sur ces huit cents pièces, une quarantaine seulement sont parvenues jusqu'à nous, et que c'est encore beaucoup trop. Alexandre Hardy n'était cependant pas complétement dépourvu de talent ; il savait multiplier les incidents, agencer les scènes, piquer la curiosité de son public ; c'était, en un mot, un habile et inépuisable faiseur. Au commencement du XVIIe siècle, on imitait l'Espagne ; au XVIe, on avait imité l'Italie et traduit, quelquefois mot à mot, les chefs-d'œuvre des Grecs et des Romains. Ce n'était donc pas l'érudition qui manquait aux dramaturges de cette époque ; ils en étaient cuirassés ; mais il leur manquait quelque chose qu'elle ne remplace pas : cette inspiration qui est seule vraiment féconde, cette *influence secrète* qu'aucun d'eux ne subissait. Corneille, lui, réunissait le bon sens, l'esprit et le génie ; c'est dire qu'il offrait le plus rare assemblage des qualités qui constituent les poètes complets. A son début, ces dons précieux ne sont qu'en germe, et les graves défauts qui les obscurcissent d'abord menacent sinon d'en arrêter tout à fait, du moins d'en embarrasser et d'en retarder le développement. Ce n'est pas du premier coup qu'il secoue le joug des coteries et qu'il s'affranchit de la rhétorique à la mode pour se livrer à ses propres inspirations. Il lutte, il hésite, il tâtonne longtemps avant de trouver la grande voie ; enfin, il y entre et y marche d'un pied ferme. Avec *Mélite,* il tient étroitement à l'Hôtel de Rambouillet ; avec le *Cid,* il s'en sépare pour ne s'en souvenir que par moments ; avec *Polyeucte, Rodogune* et *Nicomède,* il découvre un monde nouveau.

Corneille connaissait, aimait les anciens, mais avait trop de bon sens et de lumières pour les considérer comme infaillibles. Déjà, dès 1632, dans sa préface de *Clitandre,* il disait en une prose excellente et digne de servir de modèle :

« Que si j'ai renfermé cette pièce dans la règle d'un jour, ce n'est pas que je me repente de n'y avoir point mis *Mélite* ou que je me sois résolu à m'y attacher dorénavant. Aujourd'hui, quelques-uns adorent cette règle, beaucoup la méprisent. Pour moi, j'ai voulu seulement montrer que si je m'en éloigne, ce n'est pas faute de la connaître. Il est vrai qu'on pourra m'imputer que, m'étant proposé de suivre la règle des anciens, j'ai renversé leur ordre, ou qu'au lieu des messagers qu'ils introduisent à chaque bout de champ pour raconter les choses merveilleuses qui arrivent à leurs personnages, j'ai mis les accidents mêmes sur la scène. Cette nouveauté pourra plaire à quelques-uns, et quiconque voudra bien peser l'avantage que l'action a sur ces longs et ennuyeux récits, ne trouvera pas étrange que j'aie mieux aimé divertir les yeux qu'importuner les oreilles, et que me tenant dans la contrainte de cette méthode, j'en aie pris la beauté sans tomber dans les incommodités que les Grecs et les Latins, qui l'ont suivie, n'ont su d'ordinaire ou du moins n'ont osé éviter. Je me donne ici quelque sorte de liberté de choquer les anciens, d'autant qu'ils ne sont plus en état de me répondre, et que je ne veux engager personne en la recherche de mes défauts. Puisque les sciences et les arts ne sont jamais à leur période, il m'est permis de croire qu'ils n'ont pas tout su, et que, de leurs instructions, on peut tirer des lumières qu'ils n'ont pas eues. Je leur porte du respect comme à des gens qui nous ont frayé le chemin, et qui, après avoir défriché un pays fort rude, nous ont laissé à le cultiver [1]. »

Dans le passage du *Cours familier de littérature* que j'ai cru devoir discuter, Corneille n'est pas le moins du monde apprécié; il est simplement méconnu. Le portrait qu'a cru faire M. de Lamartine est la contrepartie de la réalité; c'est quelque chose comme ce qu'on désigne en photographie sous la dénomination d'*épreuve négative, d'image inverse*. Si M. de Lamartine avait eu à peindre Alexandre Hardy, il aurait pu légitimement se servir des couleurs et des traits sous lesquels il nous représente l'auteur du *Cid*. Corneille est Français dans la plus complète acception du mot; alors même qu'il imite l'Espagnol Guillen de Castro, il ne perd rien de son originalité, de son tact critique, de son caractère national. Mais notre histoire littéraire, d'ailleurs peu connue, a permis aux plus étranges préjugés, même aux plus grossières erreurs, de se répan-

[1] Voir la préface de *Clitandre*, les *Examens* de Corneille, et ses trois discours sur la tragédie.

dre au sujet de Corneille. C'est ainsi que lorsqu'on a dit qu'il est *Espagnol*, on croit nous avoir donné le dernier mot de son génie; c'est ainsi encore qu'on a cru que dans *Héraclius*, il avait imité une pièce de Calderon, tandis qu'*Héraclius* est une œuvre originale, imitée au contraire, dix-sept ans plus tard, par Calderon lui-même.

La Fontaine est encore plus maltraité dans le *Cours familier de littérature* que l'auteur du *Cid*, et ce que M. de Lamartine critique le plus vivement chez cet admirable conteur, c'est le fabuliste. J'avoue qu'il m'est tout à fait impossible de m'expliquer cette seconde méprise, qui est malheureusement encore une nouvelle injustice. Affirmer que La Fontaine est un *plagiaire*, un *préjugé de la nation*, c'est bientôt fait; il serait un peu plus difficile de le prouver [1].

Je n'ai pas l'intention, on le comprend bien, de discuter cette manière de voir; elle me paraît n'avoir pas

---

[1] On pourrait répondre à M. de Lamartine, accusant La Fontaine d'imitation et de plagiat, ce que disait Voltaire à propos de la scène 5e du 3e acte d'*Iphigénie* : « Je sais que l'idée de cette situation est dans Euripide, mais elle y est comme le marbre dans la carrière, et c'est Racine qui a construit le palais. »

De même, La Fontaine a tiré la statue ou le palais du marbre brut que lui a fourni quelquefois Ésope.

Malgré la verve et l'éloquence de M. de Lamartine, sa tirade contre La Fontaine ne vaut pas ces quatre lignes de Mme de Sévigné qui, après avoir comparé les fables du bonhomme à un panier de cerises, ajoute : « On commence par choisir les plus fraîches et les plus belles, puis on continue toujours, et l'on arrive, presque sans y penser, à les manger toutes. »

besoin d'être réfutée, et tomber d'elle-même. Je n'es-
saierai pas non plus de démontrer que La Fontaine est
un des plus grands poëtes dont puisse se glorifier notre
littérature. Je renverrai ceux qui lui contestent l'art
d'écrire et le don de la poésie à quatre de ses fables
seulement : *les deux Pigeons, les Animaux malades
de la peste, le Vieillard et les trois jeunes hommes,
le Chat, la Belette et le Lapin.* Si ce n'est pas là, en
laissant de côté une foule d'autres chefs-d'œuvre, de
très-beau style, des compositions unissant au mérite
d'une forme exquise, celui d'une émotion vraie, d'une
profonde justesse d'observation, d'une philosophie éle-
vée et d'une incomparable grâce, j'en demande bien
pardon à M. de Lamartine, mais j'avoue que toutes mes
idées à ce sujet sont complétement brouillées et qu'il
m'est impossible de dire où est le beau.

On reproche à notre fabuliste d'avoir pris à Ésope et
à plusieurs autres auteurs les sujets de ses apologues.
Ceux qui ont lu attentivement le fabuliste grec ne man-
queront pas de trouver ce reproche bien étrange.
Ésope, en effet, a fourni à La Fontaine des squelettes
de fables. Or, qu'en a fait celui-ci? Il les a revêtus de
chair, et son art a su leur donner tout l'éclat, tout le
charme de la vie. Voilà son crime. Est-ce bien à M. de
Lamartine à le lui reprocher? Doit-on prononcer le mot
de *plagiat* là où le génie a tellement transformé, agrandi
et embelli un sujet d'emprunt, qu'il peut revendiquer la
gloire d'une nouvelle création?

Je ne suivrai pas M. de Lamartine dans la compa-
raison qu'il établit entre Boccace et l'Arioste, d'une

part, et La Fontaine, de l'autre; j'aurais beaucoup trop à dire là-dessus. Qu'on trouve dans le *Décaméron mille fois plus d'imagination, plus de souplesse, plus de pittoresque, plus de sourire fin dans le récit*, je voudrais bien l'admettre, puisque M. de Lamartine l'assure; mais jusqu'à présent, même après avoir lu plusieurs fois Boccace, je ne m'en étais pas douté. J'ai beaucoup plus admiré dans ses nouvelles la souplesse et le pittoresque de la langue, que le génie et le cœur de l'écrivain. Si je me suis trompé, ceux qui ont réfléchi un instant sur l'idée-mère du *Décaméron* me le pardonneront probablement sans peine. L'égoïsme de tous ces personnages m'a gâté leur esprit; sous leur élégance, sous la coquetterie de leurs manières et les raffinements de leur langage, je n'ai vu le plus souvent que leur corruption. En somme, j'ai moins de répugnance pour la rusticité gauloise du *bonhomme*, dont M. de Lamartine me paraît avoir tort de vouloir faire un *enfant vicieux*.

Je ne veux pas insister plus longtemps sur les observations critiques. Je pourrais facilement reprocher encore au *Cours familier de littérature* plusieurs assertions qu'on est affligé d'y rencontrer, le manque d'ordonnance et de plan, un trop grand nombre d'épisodes et de digressions dont les impressions personnelles de l'auteur font tous les frais, mais j'aime mieux signaler ce qu'il y a de vraiment digne d'éloges dans ce nouvel ouvrage de l'illustre écrivain.

M. de Lamartine a pris sa tâche de haut; c'est un immense cours de littérature qu'il fait pour ses lecteurs. Son cadre est très-vaste, mais il paraît avoir amassé tous les matériaux nécessaires pour le bien remplir. Ce n'est pas seulement les chefs-d'œuvre de la Grèce et de Rome qu'il a l'intention d'analyser; en fait d'antiquité, il remonte beaucoup plus haut, puisqu'il doit nous entretenir de la Chine et de la Perse, après nous avoir déjà parlé de l'Inde, dont il a examiné, dont il examinera encore les monuments philosophiques et littéraires. Il comprend toute l'importance qu'a l'étude de la littérature orientale; la place qu'il lui donne dans son livre prouve le cas qu'il en fait.

Tout est gigantesque en effet dans l'Inde : les montagnes, les fleuves, les forêts. La civilisation y lutte d'inépuisable fécondité avec la nature; si les merveilles de l'une nous frappent par leur caractère grandiose, les monuments de l'autre s'offrent avec un tel luxe de couleurs et une telle magnificence de formes, qu'ils éblouissent le regard et qu'ils étonnent même l'imagination. Ainsi, les dix-huit *Pouranas*, étranges recueils où l'on trouve beaucoup de tout, de la métaphysique, de la théologie, de la morale, de la poésie, des légendes et bien d'autres choses, les *Pouranas* contiennent *seize cent mille vers*. Le *Râmâyana* n'en renferme pas moins de quarante-huit mille. Enfin, il y a dans le *Mahâbhârata*, la seconde des deux grandes épopées indiennes, cent mille distiques ou *çlokas*, c'est-à-dire deux cent mille vers de seize syllabes. Que sont, sous le rapport de l'étendue, l'*Iliade*, l'*Odyssée* et l'*Énéide*, à côté de ces gigantesques œuvres où tous les trésors de la poésie sont en outre répandus à profusion.

· La philosophie des bords du Gange n'est pas moins riche ; elle enfante avec une incroyable fécondité tous les systèmes qui doivent plus tard se produire dans le monde, depuis le sensualisme le plus brutal jusqu'au mysticisme le plus alambiqué, en passant par le spiritualisme de Descartes, le monothéisme pur, le panthéisme de Schelling, et une foule d'autres vérités ou erreurs de l'esprit humain. Elle a des moralistes qui, devançant la sagesse grecque comme l'Évangile, enseignent qu'on se purifie par le pardon des offenses, et qu'il faut rendre le bien pour le mal ; des anachorètes qui égalent ou surpassent tous les raffinements de l'ascétisme chrétien ; des écoles où l'on croit expliquer l'âme et les phénomènes de la pensée par de simples réactions chimiques, par la fermentation des divers éléments du corps.

D'après William Jones, qui fait autorité en ces matières, le sanskrit est plus parfait que le grec et plus riche que le latin. Il a, en outre, les mêmes racines qu'on retrouve encore dans le celtique, dans le français et dans plusieurs autres idiomes, ce qui rattache évidemment toutes ces langues à un tronc commun dont elles seraient des branches séparées à différentes époques. L'étude du sanskrit et des principaux monuments littéraires qu'il a produits doit donc éclairer d'une vive lumière les origines si obscures de notre propre langue et la question si souvent controversée de ses étymologies.

M. de Lamartine s'est proposé de vulgariser dans son ouvrage tout ce que de patientes études et d'incessantes investigations nous ont appris jusqu'à ce jour sur la langue, la philosophie et la littérature de l'Inde. C'est, je le répète, une tâche immense; mais je me hâte d'ajouter qu'elle n'est pas au-dessus des facultés dont est doué cet éminent écrivain et dont il a fait si souvent preuve.

Dirai-je maintenant que le *Cours familier de littérature* est écrit avec une intarissable verve, qu'il abonde en pages remplies d'émotion ou d'éclat, en aperçus où la sagacité du critique se révèle à travers une forme souvent prodigieuse d'ampleur et de coloris? Ce serait évidemment superflu. Il y a trente ans que l'éloquence et la poésie suivent M. de Lamartine partout. Elles lui ont prodigué tous leurs dons. Elles ont fait de son style quelque chose de merveilleux qui semble unir à une toile de Rubens une symphonie de Beethoven.

Je ne pousserai pas plus loin cet examen du *Cours familier de littérature*. Ce n'est pas qu'une foule d'autres vues de M. de Lamartine, tantôt sous le rapport littéraire, tantôt dans le domaine de la politique et de la philosophie, ne me semblent motiver de nombreuses réserves et justifier de très-graves objections; mais je ne discuterai pas ces vues, parce que j'aurais besoin, pour le tenter avec fruit, de plus d'espace et de plus de liberté.

www.ingramcontent.com/pod-product-compliance
Lightning Source LLC
Chambersburg PA
CBHW072215210626
46818CB00014BA/2391